KEURE

DE

BERGUES, BOURBOURG ET FURNES

TRADUITE ET ANNOTÉE

par

E. DE COUSSEMAKER,

Correspondant de l'Institut.

Extrait des Annales du Comité Flamand de France, Tome V.

LILLE,

IMPRIMERIE DE LEFEBVRE-DUCROCQ,

Place du Théâtre, 36.

1860

F

F

KEURE

DE

BERGUES, BOURBOURG ET FURNES

TRADUITE ET ANNOTÉE

par

E. DE COUSSEMAKER.

Correspondant de l'Institut.

Extrait des Annales du Comité Flamand de France, Tome V.

LILLE

Imprimerie de LEFEBVRE-DUCROCQ,

Place du Théâtre, 36.

1860.

KEURE

DE

BERGUES, BOURBOURG ET FURNES

Le Comité flamand de France qui a pris pour tâche la recherche et l'étude de tous les documents propres à jeter de la lumière sur l'histoire de notre Flandre, ne saurait laisser à l'écart ceux qui concernent les institutions civiles et politiques. Les sources de notre droit public, les lois fondamentales des communes, leurs chartes et priviléges sont d'une importance historique trop évidente pour que l'on ait besoin de la faire ressortir. Il suffit de parcourir les beaux ouvrages de Warnkœnig[1] et de Rapsaet[2] pour voir que l'étude de l'organisation sociale des provinces flamandes n'est possible qu'à l'aide de ces documents originaux. En ce qui concerne la Flandre maritime, ceux qui n'ont pas disparu sont restés enfouis dans les archives et dans les bibliothèques. C'est à peine s'ils sont connus de quelques érudits. Nous pensons

---

[1] Histoire de la Flandre et de ses institutions civiles et politiques.

[2] Analyse historique et critique de l'origine et des progrès des droits civils, politiques et religieux des Belges et Gaulois, etc. — Œuvres complètes, t. III, IV et V.

donc qu'il n'est pas sans utilité de les faire sortir de cette obscurité, afin de les mettre à la portée de ceux qui voudront étudier avec fruit l'ancienne organisation sociale du pays.

Nous commençons la série de ces documents par la *Keure* de Bergues, Bourbourg et Furnes.

Warnkœnig rapporte les sources du droit émanées durant la période normale du moyen âge à trois grandes divisions : Les paix publiques, en flamand, *Heerlyke vreden* ou *Land-vreden* ; les règlements d'offices, *jura ministerialium* ; et les statuts locaux ou chartes de district[1].

Ces statuts qui réglaient les droits, tantôt d'une châtellenie entière, tantôt d'une ville ou d'une commune, tantôt d'une seigneurie embrassant un ou plusieurs villages, s'appelaient *Keuren*.

Warnkœnig a fait remarquer l'erreur dans laquelle sont tombés quelques historiens en confondant les *Keuren* avec les priviléges particuliers accordés par les comtes aux villes ou à leurs habitants.

Les priviléges spéciaux qui consistaient souvent en des chartes d'affranchissement de personnes ou de communes, étaient des actes qui n'avaient d'autre source que la volonté plus ou moins spontanée de l'octroyant. La *Keure*, au contraire contenait les règles fondamentales du droit public et criminel des villes, ainsi que de son organisation judiciaire, qui existaient avant les concessions ou confirmations dont elles étaient l'objet; celles-ci n'étaient que la sanction de droits coutumiers préexistants, mais avec quelques additions ou modifications[2].

[1] Histoire de la Flandre et de ses institutions, etc , t. II, p. 294.
[2] Ibid. p. 298.

La *Keure* de Bergues, Bourbourg et Furnes porte tous les caractères de cette distinction. Le début d'ailleurs en est on ne peut plus clair : *Facta est hæc lex et consuetudo que Cora vocatur in terra Furnensi,* etc.; et le texte entier confirme que c'est bien une loi, un statut ne réglant pas seulement le droit de justice, mais aussi le droit public et administratif du territoire, c'est-à-dire ici des châtellenies de Furnes, Bergues et Bourbourg.

Le mot *Keure,* dont on a fait en latin *Cora,* en français *Ceure* ou *Cuere,* vient du flamand *Keure* qui, d'après Kiliaen, signifie statut, loi, plébiscite [1]. Warnkœnig fait dériver le mot *keure* de *keuren* [2] qu'il interprète par « statuer de commun accord avec les parties intéressées [3]. »

C'est là, suivant nous, la véritable origine et signification de ce mot. La *Keure,* comme on l'a dit plus haut, était la loi fondamentale d'un territoire ou d'une ville ; elle procédait à la fois du seigneur et des habitants, du comte et des échevins de la ville qu'elle représentait.

Mais le mot *Keure* avait en outre deux autres acceptions. Il servait à désigner : 1° le territoire sur lequel s'exerçait la juridiction échevinale, ce que nous appelons le ressort [4]; 2° l'assemblée des conseillers de la *Keure,* appelés *keurheers* en latin *coratores* [5].

---

1 *Keure,* statutum, decretum, lex, plebiscitum, statutum selectum. *Keuren ende breucken,* leges et consuetudines. — Etymologicum teutonicæ linguæ sive Dictionarium teutonico-latinum, etc.

2 Aujourd'hui, dans la langue flamande, *keuren* n'a plus qu'un sens restreint. Il signifie seulement examiner, essayer. Exemple : *Goed keuren,* examiner, trouver bon, approuver. Il est pris aussi dans le sens de *élire.*

3 Histoire de la Flandre, etc. T. II, p. 304.

4 Voir ci-après les art. 30 et 52.

5 Cœtus ipse coratorum seu judicum juxta has leges (coræ) judicantium. Du Cange, v° Cora. — Voir aussi plus loin les art. 19, 23, 32 et 37.

Warnkœnig a fait remarquer avec raison que les *Keuren* ne contiennent ordinairement que des dispositions puisées dans le droit germanique, et dont les principes ont leur origine dans les lois des barbares et dans les capitulaires [1]. Cela est principalement vrai pour la *Keure* de Bergues, Bourbourg et Furnes. Mais une chose qui ne semble pas avoir appelé l'attention de ceux qui ont été à même d'examiner ce document, c'est sa rédaction qui est remarquable. Cette *Keure* est la seule, à notre connaissance, qui renferme dans son texte latin un aussi grand nombre de mots en langue germanique. Sous ce rapport, elle a un caractère particulier, une physionomie originale qui n'est pas sans importance. Ces mots sont pour nous des renseignements précieux. Ils prouvent d'une part que le texte latin n'est que la reproduction, en grande partie du moins, d'une loi antérieure, primitivement rédigée en langue germanique, ce qui en démontre l'antiquité [2]. D'un autre côté, ils confirment l'opinion de ceux qui soutiennent la communauté d'origine entre la langue flamande et les autres langues germaniques, notamment la saxonne. Un certain nombre de ces mots et spécialement ceux terminés en *a*, indiquent une origine fort ancienne. Vredrius [3] a fait remarquer que cette terminaison, autrefois fort usitée à Bruges et dans le territoire du Franc, remonte à l'époque des premiers Francs. Il cite divers passages tirés des plus antiques monuments de ces peuples où elle est fréquente. Des chartes des XIIe et XIIIe siècles reproduisent aussi de temps en temps des noms flamands où cette orthographe est encore conservée. Ce que Vredius a dit pour le

[1] Histoire de la Flandre, etc. T. II, p. 309.
[2] Marchant, Meyer et Sanderus parlent d'une loi de Furnes de 1109, mais on n'en connaît pas le texte.
[3] Flandria vetus sive ethnica.

territoire de Bruges doit s'appliquer à toute la Flandre occiden-
tale et notamment à la Flandre maritime. Nous en avons d'abord
la preuve dans la *Keure* dont nous nous occupons. L'emploi
de ces terminaisons y est plus fréquent que dans tout autre
acte de la même époque. On en trouve ensuite d'autres vestiges
dans les cartulaires des abbayes de Saint-Bertin, de Bourbourg
et de Watten.

A la suite du texte, nous avons mis en notes les mots qui
nous ont paru avoir besoin d'être accompagnés de quelques
explications et principalement les expressions germaniques
qui ont le caractère que nous venons de signaler.

La *Keure* de Bergues, Bourbourg et Furnes, a été concé-
dée par Thomas de Savoie, comte de Flandre et Jeanne, sa
femme, par acte séparé pour chacune de ces trois villes,
savoir : en juin 1240, pour Bergues et Bourbourg; et en
juillet de la même année, pour Furnes. Le texte est identi-
quement le même dans les trois documents. Cette identité
dans les lois de ces trois villes est une particularité qui
se présente rarement. Elle a ici, suivant nous, sa source
dans l'alliance qui unissait les trois cités, alliance qui
remontait déjà à une époque antérieure à la date des
trois *keuren*, et qui a continué à subsister jusqu'à la
révolution française. Nous démontrerons ailleurs ce fait qui
se rattache à une institution dont l'historique ne peut avoir
sa place ici.

Des trois *Keuren* originales, on n'en connaît plus qu'une
seule, celle de Furnes; elle est déposée à la chambre des
Comptes, à Lille.

Après les troubles qui agitèrent la Flandre, à la fin du
XIVe siècle, on obligea les principales villes et châtellenies
à apporter leurs chartes, priviléges et franchises, à Lille,

devant le comte et son conseil qui décidèrent ceux qu'il y avait lieu de retenir ou de rendre. D'après les renseignements qui ont été conservés aux archives du département du Nord, et que M. Edwart Le Glay a donnés comme appendice d'une « Chronique rimée des troubles de Flandre à la fin du XIVe siècle, » publiée à Lille en 1842, on voit que parmi les documents apportés par les habitants de Bergues, Bourbourg et Furnes, figure la *Keure* de 1240. Celle de Furnes a été retenue. Quant à celles de Bergues et de Bourbourg, elles ont été rendues. On en a la preuve pour Bourbourg, dans un vidimus des échevins de cette ville, à la date du 12 août 1462 ; et pour Bergues, dans la copie qui en a été faite en 1380 sur l'original.

Il existe encore d'autres vidimus de la *Keure* de Bourbourg. Le plus ancien a été copié sur les lettres originales, par les échevins de Bourbourg, le 8 avril 1328. Cet acte, en parchemin, scellé du scel de la ville, en cire verte, pendant à double queue de parchemin, repose aux Archives de Lille. Le scel est en mauvais état.

Voici le préambule de ce vidimus « A tous cheaus qui ches présentes lettres verront et orront, eschevin de le ville de Bourbourg, faisons savoir à tous ke nous avons veues unes lettres saelées de sacls Thumas et Jehane de Flandres et Henau comtesse, saines et entières de sacls et d'escripture contenans le fourme qui s'ensuit. » Il finit ainsi : « Et nous eschevins de le ville dessus ditte pour che que nous veismes le dessus ditte lettre avons en non de cognissanche a ches presentes lettres pendu no sael as causes dont nous usons, qui faites furent le witisme jour d'avrilg, l'an de grace mil trois chens vint et wiit. »

Le second vidimus est celui du 12 août 1462, qu'on

vient de citer. Il n'existe plus qu'en copie dans un registre terrier de la châtellenie de Bourbourg.

Enfin, les archives de St-Omer en possédaient un qui a été consulté par le savant Du Cange.

Indépendamment de ces vidimus, on trouve une copie de la Keure de Bergues, sur un parchemin, contenant la transcription de quelques chartes relatives à cette ville, portant la date de 1276, 1277, 1283, 1297, 1298 et 1308. A la suite de cette transcription, on lit la note suivante : « Collatie ghemaect van al dat boven geschreven es ieghen de originale privilegien die zeere oud waeren. Present : Mᶜ Willem Renighsal ; Raeffel ou Raessel, deken ; Donas Clite ; Mᶜ Boreghe van Ypre ; Mᶜ van Hallewinc ; Willem van Castro ; Mᶜ Gosse de Wilde ; Zegher van Langmeersch ; Maes Crempe. Int jaer. M.CCC. IIIJˣˣ den XVIJⁿ dach van hoymaent ; ende , Mᶜ H. Heere. » Ce vidimus est à la Chambre des Comptes, Archives du nord, à Lille.

Enfin le cartulaire général de Furnes, déposé aux archives communales de cette ville, en contient une copie datée du 23 février 1397.

Aucune de ces trois *Keuren* n'avait été publiée. Celle de Furnes l'a été pour la première fois par M. Edmond Ronse en 1853, à la suite du premier volume de son excellente édition des Annales de Furnes, par Paul Heinderycx [1], d'après le cartulaire que nous venons de citer. Cette copie, quoique non exempte de fautes, est bien meilleure que celle de Bergues, 1380; elle a, en outre, un avantage évident, c'est d'être accompagnée d'une traduction flamande du temps.

---

[1] Jaerboecken van Veurne en Veurnambacht door Pauwel Heinderycx, uytgegeven door Edmond Ronse. Veurne 1853.

Cette traduction est précieuse parce qu'elle vient en aide pour l'intelligence de certains passages obscurs.

Warnkœnig, Histoire de Flandre, t. II, p. 318, mentionne aussi une ancienne copie déposée aux archives provinciales de Gand et collationnée sur l'original de Lille. Rapsaet lui en avait communiqué un texte flamand, mais rempli de fautes, et souvent inintelligible,

Le texte que nous publions est la transcription exacte de l'original de Furnes, qui repose aux Archives du Nord. Nous avons mis en notes les variantes des *Vidimus* de Bourbourg et de Furnes qui peuvent offrir de l'intérêt. Nous y joignons une traduction française à la suite de laquelle nous plaçons quelques notes explicatives touchant les mots d'origine germanique, et les expressions latines dont le sens s'éloigne plus ou moins de leur acception classique.

L'auteur de la traduction flamande qui se trouve dans le cartulaire de Furnes, a divisé le texte en paragraphes auxquels il a ajouté des rubriques.

Pour en rendre la lecture plus facile, nous avons pensé utile de le diviser aussi en paragraphes auxquels nous avons donné des numéros. Ces paragraphes ne sont pas établis arbitrairement; ils semblent indiqués en quelque sorte dans l'acte original par des lettres majuscules dont les traits sont renforcés par de l'encre rouge.

TEXTE ORIGINAL.

In nomine patris, et filii, et spiritus sancti. Amen

1 — Anno Domini millesimo ducentesimo quadragesimo, mense julio, facta est hec Lex et Consuetudo, que *Cora* [1] [*] vocatur, in terra Furnensi, (Bergensi, Broburgensi) a Thoma Comite et Johanna Flandrie et Haynoie comitissa.

2 — Ordinatum est in primis quod qui scabini erunt, erunt et Coratores; et illos jam instituit Comes, et usque ad voluntatem suam eos fecit jurare Scabinagium et Coram.

3 — Dominus Comes retinet sibi ad justificandum per *curiam* [2] suam, murdrificationem [**], id est, *mordacht* [3].

TRADUCTION.

Au nom du Père, du Fils et du Saint-Esprit. Ainsi soit-il.

1 — L'an 1240, au mois de juillet, la présente loi et coutume, appelée *Keure*, a été faite pour le territoire de Furnes, (de Bergues, de Bourbourg), par Thomas, comte, et Jeanne, comtesse de Flandre et de Hainaut.

2 — Il a été décidé d'abord que ceux qui seront échevins seront en même temps Keurheers (conseillers de la Keure); le comte les a institués dès à présent, et leur a fait jurer de garder l'échevinage et la Keure, tant qu'il le voudra ainsi.

3 — Le seigneur comte retient pour être jugé par sa cour, le meurtre, appelé *mordacht*.

[*] Ce chiffre et les suivants renvoient aux notes placées à la fin.

[**] Murdrificationem id est *mordact*. Vidimus de Bourbourg. — id Copie de Furnes.

4 — Retinet etiam sibi combustionem de die factum, id est, *dachbrant* [a].

5 — Preterea retinet sibi malum quod fit in presentia sua.

6 — Item retinet *forisfacta* [5] dimarum [b] et forteritiarum.

7 — Item retinet sibi rapinam mortui, id est, [bb] *rerofh* [6].

8 — Item retinet sibi justificandum de vi facta in ecclesiis, et quedam retinet sibi que inferius exprimentur.

9. — De homicidio ita statutum est quod nullus se purgare poterit nisi per quinque coratores; et si deficerit in tali purgatione, capud amittet, et omnia bona sua erunt in gratia comitis.

10 — Quicumque aliquem vulneraverit cum defensis armis,

---

4 — Il retient aussi l'incendie commis en plein jour, c'est-à-dire, *dachbranet*.

5 — En outre, il retient à lui le délit qui se commet en sa présence.

6 — Il retient les forfaits des dîmes et des forteresses.

7 — Il retient le vol de sépulture, c'est-à-dire, *Rerofh*.

8 — Il retient pour être jugé par lui tout accusé de violences commises dans les églises, et en outre les délits dont il sera parlé ci-après.

9 — Il est décidé que nul ne peut être acquitté du crime d'homicide que par le suffrage de cinq kuerheers. Faute de ce nombre, il sera décapité, et tous ses biens seront à la discrétion du comte.

10 — Quiconque sera convaincu d'avoir blessé avec armes

[b] *Dinarum*. Vidimus de Bourbourg — id. Copie de Furnes
[bb] *Reroof*, vidimus de Bourbourg — id. Copie de Furnes.

et inde convictus fuerit, omnia bona sua erunt in gratia comitis, nisi sit puer qui non habeat annos suos.

11 — Ex vulnere penetrativo, id est * *doreghinga* [7], in capite vel in corpore dimidia ** *zona* [8] debetur leso, et de residuo erit in gratia comitis malefactor.

12 — Vulnus quod tegi non potest IIJ libras vulnerato et comiti sex libras emendari debetur.

13 — Vulnus quod tegi potest vulnerato XL solidos et comiti IIJ libras.

14 — Si quis *canipulum* [9] portaverit, emendabit comiti tres libras; super quem cum ballivus invenerit, X libras; si super aliquem traxerit, XX libras; et si aliquem inde vulneraverit, manum amittet. Et si aliquem inde occiderit, ei in perpe-

---

prohibées, perdra ses biens qui seront à la discrétion du comte, à moins qu'il ne soit enfant mineur.

11 — Si la blessure faite au corps ou à la tête, est pénétrante, c'est-à-dire *Doregingha*, il est dû au blessé un demi droit de réconciliation ; et pour le reste, le malfaiteur est à la discrétion du comte.

12 — Si la blessure est apparente, il est dû trois livres d'amende au blessé, et six livres au comte.

13 — Pour la blessure non apparente, il est dû au blessé quarante sols, et au comte trois livres.

14 — Tout porteur d'arme appelée *canipulus,* paie au comte une amende de trois livres. Si le bailli la trouve sur lui, il en paie dix. S'il en blesse quelqu'un, il perd la main ; et s'il tue, il lui est interdit à toujours de donner

* *Dorghinga* Copie de Furnes.
** *Sona.* Copie de Furnes.

tuum responcio denegetur, et omnia bona sua erunt in gratia comitis, nec unquam poterit reconsiliari. Et per totum erit similiter de * *machua torcoisa* [10].

15 — Qui ** aliquem .*. *bloetreset* [11] sine canipulo, aut sanguinem traxerit, emendabit comiti ɪɪɪ libras et leso viginti solidos.

16 — Convictus ex † *dousslach* [12] et †† *harop* [13] emendabit comiti ɪɪɪ libras et ei qui male tractus est, viginti solidos.

17 — Item convictus ex *wapeldrinc* [14], comiti ɪɪɪ libras et ei cui factum est, xx solidos.

18 — Qui mulierem verberaverit vel laceraverit, emendabit comiti ɪɪɪ libras, et mulieri xx solidos.

---

caution ; ses biens sont à la discrétion du comte, et il ne peut jamais être admis à la réconciliation. Il en est de même de ceux qui portent une massue, dite *torcoise*.

15 — Celui qui blesse quelqu'un à sang coulant sans *canipule*, paie au comte une amende de trois livres et au blessé vingt sols.

16 — Celui qui est convaincu de *Dousslach* et de *Harop*, paie au comte trois livres, et vingt sols au maltraité.

17 — Celui qui est convaincu d'avoir voulu jeter quelqu'un à l'eau, paie trois livres au comte et vingt sols à celui qui a été ainsi maltraité.

18 — Celui qui frappe ou blesse une femme, paie trois livres au comte et vingt sols à la femme.

---

* *Machina torcoisa* Copie de Furnes.
** *Quicunque*. Vidimus de Bourbourg.
.*. *Bloetres*. Copie de Furnes
† *Dousslach*. Copie de Furnes.
†† *Haroop*. Ibid.

19 — Protracti ex omni vi non specificata inferius, emendabunt * comiti iij libras et ei cui facta fuerit violentia quicquid Cora judicabit.

20. — Quicunque fur cum *proventia* [15] captus fuerit, debet in ** *virscara* [16] adduci et ibi debent audiri allegationes, id est *tala* et .*. *wedertala* [17] et manu ipsius qui eum cepit et quatuor bonorum super sacrosancta sine interceptione convinci potest.

21 — In quacunque *villa* [18] combustio fuerit facta occulte, tota villa statim solvat dampnum per illos quos elegent coratores. Quod si malefactor sciri poterit, bannietur perpetuo et solvetur dampnum de bonis ejus; residuum vero cedat comiti.

---

19 — Ceux qui sont attraits en justice pour toute violence non spécifiée ci-après, paient trois livres au comte, et à la victime de la violence, ce qui est décidé par la *Keure*.

20 — Si un voleur est pris à mains garnies, il est conduit devant la vierschare où l'on entend l'accusation et la défense. Il peut être convaincu sur le champ au moyen du serment prêté sur les choses saintes par celui qui s'en est emparé et par quatre prud'hommes.

21 — Dans toute *Villa* où éclate un incendie dont on ne connaît pas l'auteur, toute la *Villa* paie le dommage sur le champ au moyen de ceux qui sont désignés par les keurheers.

Si le malfaiteur est connu , il est banni à perpétuité et le dommage est payé sur ses biens, le reste appartient au prince.

* *Emendabit*. Vidimus de Bourbourg.
** *Virscare*. Vidimus de Bourbourg. — *Vierscara*. Copie de Furnes.
.*. *Weidertala*. Vidimus de Bourbourg, id. Copie de Furnes.

22 — Qui vero de *nactbrand* [19] acclamatus fuerit, per quinque coratores purgare se poterit; alioquin suspendetur, et omnia bona sua erunt in gratia comitis, restituto prius dampno illi qui dampnum habuit, si prius tamen querimoniam facit.

23 — Si quis ante justiciam de latrocinio acclamatus fuerit in primo se poterit purgare cum quatuor bonis viris de genere suo, aut per quinque coratores in virscara. — Si secundo acclamatus fuerit, solummodo purgabit se per quinque coratores. — Si tercio, nichil dicet de eo Cora; sed Dominus eo faciet justiciam pro voluntate sua.

24. — Qui convictus fuerit per quinque coratores ex[*] *Hussoec* [20] emendabit ei super quem factus est hussoec viginti

---

22 — Celui qui est accusé d'incendie nocturne, peut être acquitté par le suffrage de cinq keurheers; faute de quoi il est pendu, et tous ses biens sont à la discrétion du comte, le dommage d'abord payé à celui qui l'a souffert, si toutefois il a été porté plainte.

23 — Si quelqu'un est accusé de vol devant la justice, il peut être acquitté la première fois par quatre prud'hommes de sa classe ou par cinq keurheers en Vierscare.

S'il est accusé une seconde fois, il ne peut être acquitté que par cinq keurheers.

S'il l'est une troisième fois, la Keure ne prononce pas, mais le seigneur en fait justice à son plaisir.

24. — Celui qui est convaincu par cinq keurheers d'avoir envahi une maison, paie à l'envahi vingt sols et le double

[*] *Huussoec*. Copie de Furnes.

solidos et dampnum suum ei dupliciter restituet, et quicquid
de bonis suis residuum fuerit, erit in gratia comitis.

25 — Quicunque homicidam, postquam per legem convictus fuerit, receptaverit, et super hoc per veritatem comitis
convictus fuerit, emendabit comiti LX libras, nisi domum ejus
per vim intraverit homicida.

26 — Qui oculum vel membrum perdiderit *dimidiam zo-
nam debet habere**, et de residuo bonorum suorum erit in
gratia comitis malefactor.

27 — Quicunque pugnaverit in virscara, vel** *Harop vel
dousslach* emendabit comiti XX libras et adversario IIIJ libras.

28 — Quicunque convictus fuerit de lite in ecclesia, id est
.*. *Kerckstorm*[21], emendabit comiti tres libras.

---

du dommage causé, le reste de ses biens sera à la discrétion du comte.

25 — Celui qui est reconnu coupable, par la Vérité du
comte, d'avoir donné asile à un homicide déclaré convaincu
par la loi, paie soixante livres au comte, à moins que
l'homicide ne soit entré par force.

26 — Celui qui a perdu un œil ou un membre doit rece-
voir une demi-composition, et le reste des biens du coupable
est à la discrétion du comte.

27 — Celui qui porte des coups en virscare, ou y commet le
délit de *Harop* ou de *Douslach*, paie au comte vingt livres
et quatre à son adversaire.

28 — Quiconque est convaincu d'avoir fait du tumulte dans
l'église, c'est-à-dire *Kerestorm*, doit payer au comte vingt livres.

* Voir ci-après la note 8.
** *Haroop vel dousslach*. Copie de Furnes.
.*. *Karkestorm* — Vidimus de Bourbourg — *Kerckstorm*. Copie de Furnes.

2

29 — In cujuscunque domo *canipulus* sive *machue torcoise* inventa fuerit extra *cameram* [22] vel *cistam* [23] emendabit comiti iij libras.

30 — Quicunque arma defensa portaverit infra Coram, emendabit comiti iij libras; licet tamen scabinis, coratoribus, militibus et filiis militum et hominibus errantibus gladios portare. Et preterea concedit dominus comes usque ad voluntatem suam, quod quicunque eques incedet, et sellatus gladium deferat.

31 — Quicunque gladium ad ecclesiam tulerit, emendabit comiti iij libras; et si extraxerit pro malo faciendo sex libras.

32 — Nullus debet *placitare* [34] in ecclesia vel in alicujus domo de causis que spectant ad Coram, et qui de eo convictus fuerit, emendabit comiti iij libras.

---

29 — Celui dans la maison de qui on trouve un *canipule* ou une massue *torcoise*, hors d'armoire ou de coffre, paie au comte trois livres.

30 — Quiconque porte des armes prohibées en dedans de la *Keure* paie trois livres au comte.

Il est permis toutefois aux échevins, aux keurheers, aux chevaliers, à leurs fils et aux voyageurs de porter épée.

Le comte concède en outre, à son plaisir, au cavalier équipé le droit de porter épée.

31 — Tout porteur d'épée dans l'église, paie au comte trois livres, et s'il la tire pour mal faire, il paie six livres.

32 — Nul ne peut stipuler des conventions, soit dans l'église, soit dans une maison privée, touchant les choses qui sont de la compétence de la *Keure*. Celui qui en est convaincu paie une amende de trois livres au comte.

33 — Quicunque per fraudem vel dolum causam suam, que ad caput vel membra spectat, infra quindenam post maleficium ad minus, duobus coratoribus non monstraverit, clamorem suum amittet.

34 — Quicunque receperit * *Hancknacht* [25] emendabit comiti LX libras et qui receptus fuerit, decem libras.

35 — Nulla veritas potest accipi, nisi per coratores de hiis que spectant ad coram.

36 — Protractores trium librarum ante quam breve suum reddant *ballivo* [26], ostendant ballivo breve suum et ballivus ostendet similiter breve suum protractoribus per coratores, et si quid corrigendum fuerit, corrigatur. Quod si quis per coratores corrigere se noluerit, per legem procedatur.

---

33 — Celui qui, par dol ou par fraude, n'a pas, dans la quinzaine au moins, porté plainte devant deux keurheers, du mal qui lui a été fait à la tête ou à un membre, perdra son droit de plainte.

34 — Celui qui donne gîte à un prostitueur, paie une amende de 60 livres ; et quiconque est reçu paie dix livres.

35 — Nulle enquête pour affaires qui concernent la *Keure* ne peut être faite que par les keurheers.

36. — Les demandeurs de trois livres, avant de saisir le bailli de leur action, communiquent leurs conclusions au bailli, et le bailli leur communique les siennes devant les keurheers. Et s'il y a amende à payer, qu'on la paie ; que si l'on ne veut pas s'arranger devant les keurheers, qu'il soit procédé devant la loi.

---

* *Hanckenacht*. Vidimus de Bourbourg. — *Hancknecht*. Copie de Furnes.

37 — *Ministri* [27] non possunt domum vel bona alicujus saisire nisi per judicium coratorum. Si autem saisierint sine judicio coratorum, ille, cujus bona erunt, hoc monstrabit coratoribus et cora cessabit quousque per coratores hoc fuerit emendatum, et dampnum quod fecerat, fuerit restitutum.

38 — Comes nec *justiciarius* [28] suus potest convincere aliquem de *contradicto* [29], nisi per juramentum super sacrosancta. *Preco* [30] et *ministri* juramentum facient et confirmabunt cum duobus testibus in virscara illum citatum cui contradictum imponitur.

39 — Ubicunque *pandatur* [31] et vadia accipiuntur, minister de primo vadio debet habere octo denarios; de quolibet aliorum vadiorum preco habebit viij denarios.

---

37 — Les officiers de justice ne peuvent saisir ni maison ni biens, si ce n'est en vertu d'un jugement des keurheers. Si la saisie a lieu sans jugement, le propriétaire du bien avertit les keurheers, et la Keure ajourne son jugement jusqu'à ce que la chose ait été remise en son état primitif, et le dommage réparé.

38 — Ni le comte, ni son justicier ne peuvent convaincre quelqu'un d'injure ou d'outrage, si ce n'est par serment prêté sur les choses sacrées.

Le *Preco* et les officiers de justice font serment et confirment en outre par deux témoins en viscare que le cité est bien celui qui est accusé d'injure ou d'outrage.

39 — Partout où l'on met et reçoit des objets en gage, il est dû au *Preco*, pour le premier gage, huit deniers et autant pour les autres.

40 — Nullus debet pandare nisi per coratores ; qui pandatori *contradicit* [32], emendabit comiti tres libras.

41 — Quicunque in *virscara bannita* [33] tumultum vel clamorem fecerit, tres solidos emendabit. Et qui extra viscaram in domo tumultum fecerit, emendabit ij solidos.

42 — Quicunque in virscara uni coratori contradixerit, cuilibet coratori ibidem presenti emendabit xviij solidos, et comiti iij libras.

43 — Quicunque per judicium coratorum in obsidium venerint, debent jacere per tres quadragenas in domo comitis, vel ubi ponuntur, vel ipsi vel *Wissel* [34] pro eis, sine ferro et compedibus, datis etiam tam a Wissel quam obsididus, bonis plegiis, quatuor pro quolibet; et non licet eis metas transire ipsis profixas, nisi domus incendatur. Et si interim non fece-

---

40 — Personne ne peut mettre des objets en gage, si ce n'est par l'intervention des keurheers. Celui qui adresse des injures à la personne préposée aux gages, paie au comte trois livres.

41 — Quiconque cause du tumulte ou du trouble dans la virscare assemblée, paie trois sols, et s'il le fait hors la virscare, dans une maison, l'amende est de deux sols.

42 — Quiconque injurie un keurheer en virscare, paie à chaque keurheer présent dix-huit sols et trois livres au comte.

43 — Ceux qui se constituent en ôtage, en vertu d'un jugement des keurheers, doivent demeurer pendant trois quarantaines dans la maison du comte ou dans le lieu de leur domicile ou de celui de leur caution, sans fers ni entraves, après avoir donné, tant pour la caution que pour les ôtages, de bonnes garanties de quatre pour un. Et il ne leur

rint pacem , non poterint reconciliari nisi per comitem ; et post hec comes potest eos ducere et ponere ubicunque voluerit inter Leiam et mare, sine ferro et compedibus; hoc dico per bonos plegios.

44 — Si autem unus obsidum velit reconciliari per coratores et adversarius suus noluerit, debet exire per bonos plegios, et adversarius suus remanebit.

45 — Et si obses fugitivus fuerit, erit in gratia comitis de corpore et *averio* [35], relicta parte bonorum uxori et filiis ; et preterea quilibet plegius fugitivi emendabit comiti tres libras

46 — Et quicunque obsidum probare poterit per coram *insultum* [36] in eum factum fuisse, id est, *iestoch* [37], exire debet per plegios, et alter remanebit.

---

est pas permis de franchir les limites fixées , à moins que la maison ne vienne à être incendiée ; et si dans l'intervalle ils ne font pas la paix , ils ne peuvent être réconciliés que par le comte qui peut les conduire et les retenir là où il veut, entre la Lys et la mer, sans fers et sans entraves, mais sous bonne caution.

44—Si l'un des ôtages consent à se réconcilier par les keurheers et que son adversaire s'y refuse, il est mis en liberté moyennant bonne caution, et son adversaire reste détenu.

45—Et si un ôtage s'enfuit, son corps et ses biens sont à la discrétion du comte, sous réserve d'une partie de ceux-ci au profit de sa femme et de ses enfants. Et en outre, chaque caution du fugitif paie une amende de trois livres.

46—Si un ôtage peut prouver devant la Keure avoir été l'objet d'une agression, il est mis en liberté sous caution, et l'autre reste détenu.

47 — Nullus debet ' *assisiam* [38] facere vel *precariam* [39] in terra privativam vel generalem, nisi comes; et qui inde protractus fuerit, reddet quod accepit et emendabit comiti decem libras.

48 — Quicquid aliquis se defendente, id est *nottwers* [40], fecerit, nisi cum canipulo se defenderit, liber erit a forifacto '' et insultor pro utroque emendabit.

49. — Quicunque bannitus recesserit a terra, antequam reddere vel reconciliari comiti poterit, prius reconciliabitur adversario suo, nisi .'. de malo suo et rationabilem obtulerit emendam.

50 — Si bannitus reconciliari voluerit et alter non, cora debet eos accordare, si comes id patiatur. *Notarius* [41]

---

47 — Nul, si ce n'est le comte, ne doit établir des impôts appelés *assise* ou *précaire*. Celui qui est attrait en justice pour ce fait, rend ce qu'il a reçu et paie au comte une amende de dix livres.

48 — Ce qu'on fait en cas de légitime défense, à moins que ce ne soit avec *canipule*, n'est pas poursuivi comme forfait, et l'agresseur paie pour les deux.

49 — Tout banni qui revient avant l'expiration de sa peine et avant d'être réconcilié avec le comte, doit d'abord s'être réconcilié avec son adversaire, à moins qu'il n'ait offert de payer une amende raisonnable et proportionnée au méfait.

50 — Si le banni veut se réconcilier et que son adversaire s'y refuse, la Keure doit les mettre d'accord, si

---

+ *Asisiam*. Vidimus de Bourbourg.

'' *Cum canipulo liber erit se forifacto*. Vidimus de Bourbourg.

.'. *Si* Vidimus de Bourbourg.

debet autem habere decem solidos de bannito, et preco decem solidos.

51 — Qui bannitum receptaverit in domo sua, et super hoc convictus fuerit per coratores vel liberam veritatem, domus sua *comburetur* [12] et emendabit [*] comiti sexagenta libras. Si domus banniti prius fuerit combusta, ita est si domum habuerit; idem erit tam de uxoribus [**] quam de filiis.

52 — Si quis de *villa* [13] qui non pertinet ad coram contra aliquem qui pertinet ad coram pugnaverit extra [*] *baliweam* [14] et de eo justiciam habere voluerit, debet venire in coram et ibi petere justiciam de adversario suo.

---

le comte le permet. Le notaire doit avoir dix sols du banni et le Preco autant.

51 — Celui qui est convaincu devant les keurheers ou devant la Franche-Vérité, d'avoir donné asile à un banni, subit la peine de l'arsin et paie au comte une amende de 60 livres.

Si la maison du banni a été brûlée d'avance, on le traitera comme s'il avait encore une maison; il en est de même à l'égard des femmes et des fils.

52 — Tout habitant d'une *villa*, située hors du ressort de la Keure, qui attaque, en dehors de la banlieue, un sujet de la Keure, doit, pour en obtenir justice, se présenter devant la Keure et y traduire son adversaire.

De même si un étranger bat en dedans la banlieue

[*] *Emendat.* Vidimus de Bourbourg.
[**] *Uxore.* Vidimus de Bourbourg.
[*] *Balleweam.* Vidimus de Bourbourg.

Similiter si aliquis deforis contra aliquem deintus infra banliewcam pugnaverit, de adversario suo per scabinos ville justiciam habebit.

53 — De omni causa que pertinet ad coram poterit se homo melius et rationabilius defendere quin aliquis super eum ire.

54 — Ex quacunque causa aliquis per justiciam detentus fuerit, nisi aliquis veniat et eum infra tertiam diem accusaverit, detentus quarta die abibit, vel justicia solvet expensas detenti usque ad primam diem placiti.

55 — Quicunque plegios quos cora dicet esse bonos dare voluerit, de hiis qui pertinent ad coram per justiciam teneri non poterit. De hiis vero que in cora exprimuntur ad justificandum per curiam comitis, malefactores recredentur per plegios quos homines comitis dicent esse sufficientes, exceptis

---

quelqu'un du ressort de la Keure, il doit appeler son adversaire devant l'échevinage de la villa.

53 — Dans toute cause qui compète la Keure, mieux vaut être défendeur que demandeur.

54 — Tout détenu par justice pour une cause quelconque, qui, dans les trois jours, n'est pas mis en accusation, doit être rendu à la liberté le quatrième, ou bien la justice paie les frais du détenu jusqu'au premier jour de plaid.

55 — Quiconque veut donner des cautions qui ont été jugées bonnes par la Keure, ne peut être tenu de fournir celles qui appartiennent à la Keure.

Mais pour des faits qui sont portés devant la Keure et qui sont de la compétence de la cour du Comte, les malfaiteurs doivent fournir des cautions qui sont déclarées suffisantes par

hiis qui in presentia comitis vel in conspectu ballivi eve-
nient. Hoc notato quod, qui delinquerint, in conspectu ballivi,
in prisione ducentur et statim per bonos plegios ad dictum
hominum comitis recredentur.

56 — Quicunque clamorem suum fecerit super aliquem in
virscara et ipse firmaverit se habiturum auxilium coratorum et
defecerit, emendabit comiti tres libras.

57 — Quicunque plegios dederit de prosequendo clamore
suo et non fuerit prosecutus, emendabit comiti tres libras et
amittet clamorem suum.

Quamvis aliquis clamorem suum facere noluerit vel perdiderit, justiciarius tamen jus suum habebit.

58. — Quicunque fecerit concordiam celatam, id est
* Halesoena [45], emendabit comiti tres libras.

---

les hommes du Comte, excepté ceux qui se présentent devant
le comte ou son bailli. Ceux qui commettent eux-mêmes
quelque délit en présence du bailli, sont conduits en prison
et sont immédiatement garantis par des cautions suffisantes
au dire des hommes du comte.

56 — Quiconque ayant appelé un autre en Vierscare, en
affirmant avoir le suffrage des keurheers, tandis qu'elle lui
fait défaut, paie au comte trois livres.

57 — Quiconque a donné caution pour poursuivre son
action sans y donner suite, paie trois livres au comte et perd
son action.

Soit qu'on donne suite à sa plainte ou qu'on y renonce,
l'officier de justice conserve néanmoins son droit.

58 — Quiconque a fait un accord clandestin, c'est-à-dire
Halsoene, paie au comte une amende de trois livres.

* *Halsoene* Vidimus de Bourbourg. — *Halesona*. Copie de Furnes.

59 — Justiciarius non potest aliquem de cora submovere ad placitum ad veniendum ad aliquem locum, nisi ad coram de hiis qui pertinent ad coram.

60 — Si quis extraneus qui non pertinet ad coram assilierit aliquem qui ad coram pertinet, qui illum de cora adjuverit de forefacto liber erit.

61 — Protracti de ludo talorum viginti solidos emendabunt comiti; sed licet cum *tabulis* [46] et *scaceis* [47] ludere.

62 — Protracti ex * *hotchen* [48] emendabunt comiti tres libras. Domus in qua ludetur cum talis et *Houtchen*, tres libras.

63 — Tres ** *veritates generales* [49] id est .˙. *Doreghinga* [50]

---

59 — L'officier de justice ne peut ajourner un sujet de la Keure à venir plaider dans un lieu autre que la Keure, pour les affaires qui sont de la compétence de la Keure.

60 — Si un étranger qui n'appartient pas à la Keure attaque quelqu'un de la Keure, celui qui aura secouru l'homme de la Keure, sera exempt de toute poursuite.

61 — Ceux qui seront attraits en justice pour avoir joué aux dés, payeront une amende de vingt sols au comte ; mais il est permis de jouer aux tablettes et aux échecs.

62 — Ceux qui sont attraits en justice pour avoir joué au jeu appelé *Hotchen*, payeront trois livres. Celui dans la maison duquel on aura joué aux dés et au cornet, payera trois livres.

63 — Il sera tenu tous les ans trois vérités générales ,

* *Huchoen*. Copie de Furnes.

** *Veritates generales liberales*. Vidimus de Bourbourg.

.˙. *Dorghinga*. Copie de Furnes.

debent in quolibet anno fieri de omnibus forefactis trium librarum.

64 — Preterea quolibet anno fiet *veritas libera* [51], si comes vult habere de omnibus forefactis.

65. — Qui extra oppidum Furnense (Bergense, Broborgense) tabernam habuerit, emendabit comiti tres libras et domus sua *comburetur* [52]; nec potest * justiciarius dare licentiam de taberna tenenda extra, nisi per coratores.

66 — Quicunque puerum in sua *warda* [53] habuerit, qui fuerit infra annos, et ipsum maritaverit sine consilio parentum propinquorum, et inde convictus fuerit per coram, omnia bona sua ** erunt in gratia comitis.

67 — Qui *signum levaverit* [54] vel levare fecerit, nisi per

---

appelées *Doreghinga*, pour tous les forfaits de trois livres d'amende.

64 — En outre, il y a chaque année une franche-vérité, si le comte veut avoir connaissance de tous les forfaits.

65 — Celui qui tient taverne hors la ville de Furnes (Bergues, Bourbourg), paie trois livres d'amende au comte et sa maison est brûlée. L'officier de justice ne peut donner à personne l'autorisation de tenir taverne ; les keurheers seuls peuvent le faire.

66 — Quiconque ayant un mineur sous sa tutelle le marie sans l'avis des plus proches parents, s'il en est convaincu devant la Keure, perd ses biens qui sont à la discrétion du comte.

67 — Celui qui donne le signal d'alarme ou le fait

* *Potest*. Omis dans le Vidimus de Bourbourg.
** *Sua* Omis dans le Vidimus de Bourbourg.

necessitatem vel de nocte cum clamor auditur, vel de die cum quis assidetur in domo sua vel pro aqua, si super hoc convictus fuerit, emendabit comiti LX libras.

68 — Quicunque premium acceperit pro nuptiis faciendis et qui convictus fuerit, emendabit comiti XX libras.

69 — Quicunque loricam, id est * *Halberguel* [55] vel pelleum ferreum tulerit, si convictus fuerit, perdet ea et emendabit comiti tres libras.

70 — Quicunque arestatus fuerit pro forifacto quod fecit infra coram, emendabit ubi forifactum factum fuerit, et si non arestetur et convictus fuerit de forifacto ibi perpetrato, ubicumque inventus fuerit, arestabitur infra terram comitis Flandrie.

---

donner, si ce n'est pas par nécessité, soit la nuit, lorsqu'une clameur se fait entendre, soit le jour, lorsque quelqu'un est assailli dans sa maison ou pour inondation, paiera s'il en est convaincu, soixante livres au comte.

68 — Quiconque est convaincu d'avoir reçu un présent pour avoir fait un mariage, paie au comte vingt livres.

69 — Quiconque est convaincu de porter une cuirasse, appelée *Halberguel* (cote de mailles), ou un bonnet de fer, les perd et paie trois livres d'amende au comte.

70 — Quiconque a été arrêté pour un forfait commis dans le ressort de la Keure, paie l'amende là où le forfait a été perpétré; s'il n'est pas arrêté et qu'il soit convaincu d'avoir commis le forfait, il est arrêté là où il est trouvé dans la terre du comte de Flandre.

---

* *Albergoil*. Vidimus de Bourbourg. — *Halberguel*. Copie de Furnes.

71 — Quicunque adjurnatus fuerit, et a prima die non venerit, readjornari debet ad secundam diem, et si tunc non venerit *atinctus* [56] est. Et si venerit et legitimum impedimentum ostenderit petendo sacrosancta, et divisorem juramenti hoc est *satvera* [57], stabit in placito suo; et si ita non fecerit; atinctus est.

72 — Qui in alterius aqua captus fuerit piscando, emendabit comiti tres libras, et debet adduci ad justiciam, et retia * et omnia instrumenta ejus erunt illius qui eum cepit, et inde debet fieri veritas in communi veritate de hiis qui non capti fuerint.

73 — Qui viam ecclesie id est * *Karkestrata* [58] foderit, vel artaverit ** et super hoc convictus fuerit per veritatem, emendabit comiti iij libras.

---

71 — Quiconque a été ajourné et ne comparaît pas le premier jour, doit être réajourné une seconde fois et s'il ne comparaît pas alors, il est atteint et convaincu. S'il comparaît ensuite et justifie d'un légitime empêchement, en demandant de confirmer son dire par serment prêté sur les choses saintes, il est admis dans son action.

72 — Celui qui est pris à pêcher dans les eaux d'autrui, paie trois livres d'amende au Comte ; il est conduit devant la justice et ses filets et engins appartiennent à celui qui l'a pris.

Lors de la vérité commune, il en est tenu une pour ceux qui n'ont pas été pris.

73 — Celui qui est convaincu par la Vérité d'avoir foui ou d'avoir rétréci le chemin de l'église, paie au Comte trois livres.

* *Recia*. Copie de Furnes.
** *Kerckestrate*. Copie de Furnes.
*** *Arcaverit*. Vidimus de Bourbourg.

74 — Vie equitari et prospici semel in anno debent; et debet fieri edictum dominica precedenti ut illa ebdomada debent videri et equitari; et qui convictus fuerit quod vias artaverit, emendabit comiti iij libras

75 — Inter Augustum et festum omnium sanctorum, vel alio tempore, si tunc commode fieri non poterit, debet fieri * inspectio aquarum currentium; et qui aqueductum pejorasse convictus fuerit, emendabit comiti iij libras. Qui vero post inspectionem aqueductuum artaverit, emendabit comiti sex libras.

76 — In *moro* ⁵⁰ comitis, ubicunque aqua est, erunt comitis pisces et aves.

---

74 — Les chemins sont parcourus à cheval et visités une fois par an. On publie le dimanche précédent une ordonnance qui prescrit de les réparer dans la semaine, et la semaine suivante, ils sont visités et parcourus à cheval; celui qui est convaincu d'avoir empiété sur le chemin paie une amende de trois livres au Comte.

75 — Entre le mois d'août et la fête de la Toussaint, ou à une autre époque, si cela ne peut se faire commodément alors, on fait la visite des cours d'eaux (watergands), et celui qui est convaincu d'avoir obstrué un aqueduc paie au Comte trois livres. Celui qui, après l'inspection, a rétréci un watergand, paie au Comte six livres.

76 — Dans la *moere* du Comte, partout où il y a de l'eau, le poisson et les oiseaux appartiennent au Comte.

---

* *Non poterit, debet fieri*, omis dans le Vidimus de Bourbourg.

77 — Si quis rapinam fecerit aut in via aut in *Herstrata* [60], super mercatores vel quoscunque alios, et in hoc maleficio captus fuerit, suspendetur.

Si quis de hoc maleficio occasione Flandrensium acclamatus fuerit, et convictus fuerit, emendabit comiti LX libras, et dupliciter rapta restaurabit.

Et si occasione cujuscunque alterius extra Flandriam fuerit acclamatus, comes justificare poterit per curiam suam.

78 — Qui de raptu mulieris accusatus fuerit, justicia debet arestare eum et mulierem, si inveniuntur; et debet eos tenere et eos adjurnare ad terciam diem; et si venerint *, debet esse vir ex una parte et mulier ex altera cum parentibus sus; et dicetur mulieri ** quod eat cum illo, si voluerit; et si cum illo

---

77—Si quelqu'un commet un vol, ou dans une rue ou sur un grand chemin, sur des marchands ou sur d'autres personnes et qu'il soit pris en flagrant délit, il sera pendu.

S'il est poursuivi pour ce méfait à l'égard d'un Flamand et qu'il en est convaincu, il paie au Comte une amende de soixante livres, et rend le double de la chose volée.

Et s'il est poursuivi à l'occasion d'un vol commis au préjudice d'un étranger à la Flandre, le Comte peut le faire juger par sa cour.

78—Si quelqu'un est accusé de rapt de femme, la justice doit le faire arrêter. Si on les trouve, lui et la femme, on doit les retenir et les ajourner au troisième jour; s'ils comparaissent, l'homme doit être placé d'un côté et la femme de

---

* *Venerit.* Vidimus de Bourbourg.
** *Dicetur quod eas mulieri.* Vidimus de Bourbourg.

ierit, liber erit ille cui raptus imputabatur, et eam debet ducere in uxorem. Si autem cum eo ire noluerit et de raptu conqueratur, fiet de eo justicia, si per hoc fuerit convictus. Preterea si ad primam diem citationis non venerit, actintus judicatur.

79 — Ad hec si quis mulieri vim intulerit et clamor a vicinis fuerit auditus, convictus super hoc per veritatem quam comes vel justicia capiet de consilio coratorum, dampnabitur.

80 — Item *fortericie* [61] fieri possunt sex pedum in altitudine et fossata XL pedum in latitutidine ad plus, ita quod *fracte* [62] in latitudine ad minus contineant decem pedes.

81 — Qui bannitum fugat vel interficit cum defensis armis, nisi cum *canipulo* vel *torcoisa*, liber erit a forefacto.

---

l'autre avec ses parents. On dira à la femme d'aller avec l'homme, si elle le veut; si elle va à lui, il est libre et doit l'épouser. Si au contraire elle ne veut aller à lui et qu'elle se plaint du rapt, s'il en est convaincu, on fait justice. S'il ne comparait pas à la première citation, il est déclaré convaincu.

79 — Si quelqu'un fait violence à une femme et que les voisins entendent le cri au secours, s'il en est convaincu par l'enquête que le Comte ou la justice fait faire sur l'avis des keurheers, il est condamné.

80 — Les fortifications peuvent être faites d'une hauteur de six pieds et les fossés de quarante pieds de largeur au plus, de telle sorte que les fraises aient au moins dix pieds de largeur.

81 — Celui qui poursuit ou tue un banni avec des armes défendues, si ce n'est avec le *canipules* et la *torcoise*, est exempt de poursuite.

82 — Quicunque corafrater* extra officium Furnensi (Bergensi, Broburgensi) cum armis exierit vel infra redierit, nichil forefacit, nisi cum armis aliquid mali faciat, et si hoc cognoverint coratores.

83 — Qui de nocte ad ** Helprop [63] cum armis venerit, excepto canipulo et torcoisa, nichil emendabit, nisi cum armis aliomodo forefecerit. Similiter, qui de die venerit ad Helprop, contra bannitos vel latrones.

84 — Qui ad domum alicujus cum armis venerit contra Hussoec [63] de quo tenetur *˛*, non forefacit nisi cum armis ipsis aliter † forefecerit.

---

82 — Le keurfrère qui sort du territoire de Furnes (de Bergues, de Bourbourg) avec armes et qui y rentre, ne commet aucun délit, à moins qu'il ne se serve de ses armes pour faire mal, à la connaissance des keurheers.

83 — Celui qui, sur cri au secours, pendant la nuit, se rend sur les lieux avec armes, le *canipule* et la *torcoise* exceptés, ne doit aucune amende, à moins qu'il ne se serve de ses armes pour commettre un méfait.

Il en est de même de celui qui, de jour, vient porter secours contre des bannis ou des voleurs.

84 — Celui qui vient dans la maison de quelqu'un avec armes, pour le secourir contre un envahissement, est exempt de poursuite, à moins qu'il ne commette un délit avec ces armes.

* *Corafratrum*. Vidimus de Bourbourg.
** *Helperoep*. Vidimus de Bourbourg. —*Helperoup*. Copie de Furnes.
˛ *Timetur.* Vidimus de Bourbourg.
† *Aliter*, omis dans le Vidimus de Bourbourg.

85 — Preterea nos Thomas et J. Comitissa predicti
* *Balphardum* [a] nostrum in terra Furnensi (Bergensi, Broborgensi) perpetuo quitavimus et quitum clamavimus in futurum, hoc solum retento quod si fortericias novas vellemus facere in terra Furnensi (Bergensi, Broborgensi) vel veteres reparare, illi nobis fodere tenerentur qui prius Balphardum solvere consueverunt. [b]

86 — Si quid autem addendum vel minuendum vel corrigendum fuerit in predictis, consilio comitis, scabinorum, coratorum et aliorum proborum virorum terre poterit emendari. [c]

85—En outre, nous, Thomas et Jeanne Comtesse, prédits, renonçons à perpétuité à notre droit de Balfard sur la terre de Furnes (Bergues, Bourbourg), sous la seule réserve que si nous voulons faire de nouvelles fortifications au territoire de Furnes (Bergues et Bourbourg) ou faire réparer les anciennes, ceux qui payent habituellement le *Balfard* seraient tenus d'y travailler.

86—S'il y a lieu d'augmenter, diminuer ou modifier les articles ci-dessus, on pourra le faire sur l'avis du Comte, des échevins, des keurheers et des autres prud'hommes du territoire.

---

[a] *Balfardum*. Copie de Furnes.

[b] Cet article est écrit sur un morceau de parchemin séparé et attaché à la charte originale.

[c] La charte originale est en parchemin et scellée des sceaux de Thomas et de Jeanne. Celui de Thomas est en cire rougeâtre, et celui de Jeanne en cire jaune; ils pendent, celui de Thomas à des cordons jaunes et celui de Jeanne à des cordons rouges cramoisi. Ils sont gravés dans Vredius, *Sigilla comitum Flandriæ*, pages 29 et 31.

NOTES

Note 1, p. 11. CORA

Traduction latine de *Keure*. Voir plus haut, page 182. Voir
aussi Du Cange, aux mots *Cora* et *Chora*.

Note 2, p. 11. CURIA.

Curia Comitis, cour du Comte. Il ne faut pas confondre la
cour du Comte avec la *Keure* ; c'étaient deux juridictions tout-
à-fait différentes. Les juges de la Keure étaient les échevins
qui étaient en même temps les hommes de la Keure appelés
Keurheers, en français *Keuriers*. Les juges de la cour du Comte
étaient ses hommes de fiefs qui avaient dans leurs attributions
tout ce qui se rapportait aux droits féodaux, et, dans la juridiction ordinaire, les affaires réservées à la justice du Comte.

Note 3, p. 11. MORDACHT.

Dans le vidimus de Bourbourg, du 8 avril 1328, il y a
mordaet, ce qui est plus exact. Ce mot signifie *meurtre*, action
de tuer. Il se compose de *moord*, mort, et de *daet*, action.

Note 4, p. 12. DACHBRANT.

Incendie commis le jour ; de *dach* jour et *branden*, brûler.

Note 5, p. 12. FORISFACTUM.

Ce mot désignait les méfaits en général, les crimes comme
les délits. De là est venu *forfait*.

Note 6, p. 12. REROFII.

Dans le vidimus de Bourbourg et dans la copie du cartulaire
de Furnes, il y a *reroof*. C'est l'action de dépouiller les morts
ou les tombeaux. Selon M. Ronse (Jaerboeken van Veurne
en Veurnambacht , t. I, p. 286), ce mot viendrait de *reewen ,*

ensevelir et *roof*, vol. Du Cange s'est complètement trompé
sur la signification de ce mot ; il le définit : « Jus cognos-
cendi ac judicandi de rapto. » On en trouve une excellente
explication dans le « Woordenschat » de Meyer, Amst. 1745.
« *Reeroof* ou *Rooroof ;* c'est, dit-il, dépouiller un mort ou un
tombeau. Car les anciens germains et nos ancêtres avaient
coutume d'ensevelir les morts avec de riches vêtements et des
objets précieux. Le linceul était appelé *ree* ou *raa*, et ceux
qui ensevelissaient les morts furent nommés *Reewer, raawer*,
quand c'était un homme, et *reewster* ou *raawster*, quand c'était
une femme. »

Note 7, p. 13. DOREGINGHA.

Le texte latin *vulnus penetrativum* indique bien le genre de
blessure que désigne ce mot. Mais d'après sa décomposition
étymologique, il aurait un sens encore plus déterminé ; il s'agi-
rait d'une blessure traversant la chair ; de *door*, travers et *gaen*,
aller. Ce mot est pris dans un autre sens à l'article 63 de la
Keure. Voir ci-après la note 51.

Note 8, p 13. DIMIDIA SONA.

Sona, suivant Du Cange, veut dire paix, composition ou
amende pour blessure, parce qu'elle était stipulée comme
composition. C'est là la véritable signification de ce mot qui
vient de *soenen*, expier. *Soenen van doodslach*, cedem expiare,
dit Kiliaen, Étymol. dict. — Vredius, Flandria vetus p. 108,
donne la même explication : *Soen, suen*, expiationem, recon-
ciliationem, ac compositionem significat ; placamen ; *soenen*,
placare. Aujourd'hui *zoenen* veut dire concilier ; *verzoenen*,
reconcilier ; *zich verzoenen*, se reconcilier.

Dimidia sona était donc la moitié du prix ou de l'amende
due pour composition du meurtre. Les anciennes lois barbares
admettaient, comme l'on sait, pour le meurtre une composition
en argent proportionnée aux conditions des personnes. Cela

s'appelait *Weregeld*; de *wera*, *were*, en saxon, homme, et *geld*, argent.

Note 9, p. 13. CANIPULUS.

Dans la traduction flamande de la Keure de Furnes, qui accompagne le texte latin dans la copie du cartulaire de cette ville, *Canipulus* est traduit par *Knyf*. Suivant M. Ronse (Jaerb. van Veurne, t. I, p. 285), Knyf était un couteau à lame longue et à manche court qu'on portait du côté gauche dans une gaîne de cuir [1]. Cette arme, réputée des plus dangereuses, devait ressembler à un couteau de chasse. Du Cange le traduit aussi par couteau.

Selon Vredius (ouvrage cité, p. 470) *canipulum*, qu'il écrit *Kampulum*, était un bâton tordu [2]. Le mot Knippel, encore actuellement en usage en Flandre et qui semble venir de *canipulus*, est une sorte de petite massue formée d'un bâton gros et court.

Note 10, p. 14. MACHUA TORCOISA.

L'original et la copie portent *torcoisa*. Du Cange traduit ce mot par *tortuosa*. Vredius, loco citato, donne la même signification à *clava torcosa* qui se trouve dans la Keure de Bruges. Selon M. Ronse (Jaerb. van Veurne, etc. p. 284), *machua torcoisa* signifierait un long bâton avec un bout tordu où l'on pouvait placer une torche. Cette explication ne paraît pas plausible; car dans ce cas, ce ne serait plus une arme, mais une sorte de falot.

---

[1] Dans la traduction de la Keure de Bruges, *Knyf* est interprété par couteau à pointe. (Warnkœnig, Hist. de la Fl. t. III, p. 20).

[2] Kampulum est baculus curvus et inflexus a græco κάμπυλος, id est incurvus. Henr. Stephanus in thesauro: κάμπυλος, inflexus, curvus unde κάμπυλα τόξα apud græcos poetas ut apud latinos curvi arcus. Ibidem: κομπύλη, curvus baculus, sive retortus quo venatores utuntur.

Note 11, p. 14. BLOETRESET.

Blessure à sang coulant ; de *bloet*, sang et *rysen*, monter.

Note 12, p. 14. DOUSSLACH.

La charte originale porte *Dousslach*. Dans le vidimus de St-Omer, ce mot est écrit *Doutslach* et dans la copie de Furnes, *Dousslach*. Il y a une grande différence entre *dousslach* ou *doodslag*, et *dontslach* ou *donslach*. *Doodslach* signifie coup mortel ; de *dood*, mort et *slag*, coup. Mais ce n'est pas le meurtre, comme l'a pensé Du Cange, c'est seulement un coup capable de donner la mort, sans que celle-ci s'en soit suivie.

Dontslach ou *Donslach* est un coup sans blessure ou sans effusion de sang. Du Cange, v.° Dontslach, cite un passage d'une charte d'Ernest, duc de Brunswich, de 1335, où on lit : « Quicunque autem infert alicui lesionem vel ictum qui vocatur dunslach sine effusione sanguinis, incurret pœnam quatuor solidorum. »

Peut-être ne s'agit-il ici que d'un coup de poing ou d'un soufflet dont il est parlé dans les articles 9 de la Keure de 1190 de Bruges, et 3 de la Keure de 1281 de la même ville.

Note 13, p. 14. HAROP.

On donne à ce mot diverses significations, voici l'interprétation de Du Cange. « *Harop* ou *Haroep* : Voces Belgicæ quæ et clamorem ob crimen perpetratum, jurisdictionem cui illius cognitio competit, atque locum ubi sedent qui jus habent de eo judicando significant. » — Dans ce sens, *Harop* ne pourrait-il pas venir de *Haer*, en anglo-saxon *her*, en allemand *her*, en flamand *hier*, ici, de ce côté, et de *op*, dessus ?

On lit dans Du Cange, au mot *Haropen* : Cappillorum avulsio a germ. *Haar*, capillus et *open* descerpere, avellere. M. Ronse (Jaerb. van Veurne, etc , t. I, p. 284) écrit *Hairroep*, de *hair*, cheveux , et *roep* cri, qu'il interprète par cri contre l'action de saisir quelqu'un par les cheveux.

Ce cas était prévu dans la *Keure* de Bruges de 1190, art. 9 : *Qui pugno vel palma aliquem percusserit seu per capillos acceperit*, etc. et dans celle de la même ville de 1280, art. 3. *So wie die slaet andren metter vust jof metter palme jof trect by den hare* (Qui ferra autrui de poing u de paume u *le traira par les chevaus*, etc.) — Trad. du XIIIᵉ siècle, cartulaire de Fl. pièce nº 551. Archives du Nord.

Note 14, p. 14. WAPELDRINC.

C'est l'action de jeter quelqu'un dans l'eau. De *wapel* ou *wapen* pris anciennement pour *water*, eau, et *drinken*, boire.

Selon Meyer, *wapeldrenken* signifie jeter quelqu'un dans de l'eau sale ou en jeter sur lui [1].

Hasselt sur Kiliaen, interprète *wapendrenken* par jeter quelqu'un dans l'eau ou dans la boue, de telle sorte qu'il ne puisse se relever [2].

On trouve le mot *wapeldrink* pris dans le même sens dans une loi des Francs citée par Vredius [3].

Note 15, p. 15 PROVENTIA.

Du Cange ayant lu *pronuncia* dans la copie de Saint-Omer, interprète ce mot par : « Sententia, judicium, prononciatum, nostris, *prononcé*. » Mais le texte porte *proventia* dont on trouve la véritable signification au mot *provensa* dans le glossaire du même auteur. Ce mot veut dire : *Res furto ablata;* c'est le voleur trouvé à mains garnies.

---

[1] *Wapeldrenken* is iemand in vuil water werpen, of daar mêe te begieten. — Woordenschat.

[2] *Wapendrenken*, vulgariter occurrit pro aquam aut lutum conjicere, ita ut projectus se levare nequeat. — Etym. dict.

[3] *De Wapeldring*. Si homo ecclesia hominum liberum injecerit in luto vel terræ emendabit ei sex libras, etc. — Fland. vetus, p. 442

Note 16, p. 15. VIRSCARA.

On écrit aussi : *Virscare, vierscare* ou *vierschare.*

Quelques auteurs , parmi lesquels se range Vredius, font dériver *vierschaere* de *schaere*, turma, multitude, foule, et de *vier*, quatre, et lui attribuent le sens de quatre bandes.

Rapsaet fait venir le mot *vier* de *gyrus* emprunté du grec, dans le sens de cercle, tournée, et celui de *schare*, de *scheire*, corrélatif de l'anglais *shire*, comté. Il en conclut que viersschaere est synonyme de plaid légal, *placitum legale*, pour la tenue duquel les comtes auraient fait leur tournée. Cette explition, quelque ingénieuse qu'elle soit, n'est pas plus acceptable que la précédente.

La meilleure nous paraît être celle que Warnkœnig a adoptée d'après les anciens jurisconsultes pratiques de la Flandre. « Comme le mot *scarre*, dit-il , anciennement *scarne*, métathèse du mot *scranne*, signifie banc, le sens propre du mot s'explique facilement. Un ancien diplôme de 1218 , que nous avons trouvé aux archives provinciales de Gand, nomme les échevins des quatre bancs *(scabini de quator scammis)* qui venaient au plaid général. Le lieu où se tenait l'audience solennelle , dût aux quatre bancs qui s'y trouvaient, le nom de *vierschare*, toujours écrit dans les anciennes chartes *virscarnia*. On eût soin de placer les quatre bancs de la manière accoutumée dans les salles d'audience,[1] lorsqu'on en fut venu à préférer de siéger dans les bâtiments à couvert, soit dans les auberges près du lieu primitif, soit dans la maison de ville ou la halle. Aussi rien n'était plus naturel que donner le même nom à toute l'étendue du ressort de la *vierschare.* »

---

[1] Les *groene vierscharen* ou tribunaux en plein air, consistaient en quatre bancs, en carré, avec une ouverture pour l'entrée des juges et des parties, et qu'on formait soit avec une barre de fer, dont est venu le mot *barreau*, soit avec une corde, d'où est venu la locution flamande *vierschaere spannen.* — Rapsaet, œuvres complètes, t. 3, p. 352.

Note 17, p. 15. TALA ET WEDERTALA.

Accusation et défense; plaidoirie pour et plaidoirie contre ; de *tala* ou *taele*, discours, oratio, sermo et *Wedertala*, composé de *Weder*, contre, et *tala*.

Note 18, p. 15. VILLA.

Une *villa* était une circonscription de propriétés rurales, jointes ou éparses, faisant corps et parties intégrantes ou dépendantes du manoir du propriétaire, à qui appartenaient toutes ces propriétés. C'est à cet ensemble qu'on donnait le nom de *villa*. Les dépendances de la *villa* consistaient en *curtes* et *mansæ*. Le manoir du propiétaire était appelé *villa-dominicata*.

Note 19, p. 16. NACHBRAND.

Incendie nocturne; de *nacht*, nuit, et *branden*, brûler.

Note 20, p. 16. HUSSOEC.

Ce mot, composé de *hus* ou *huis*, maison et *soecken*, chercher, et par extension envahir, désigne l'action d'envahir une maison pour la piller ou y commettre tout autre méfait.

Du Cange définit *Hussuchung* : domus invasio, depredatio ; ex *hus* domus et *suchen* rapere, deprædari. — Aux mots : *Hamsocæ, Hamsocha, Hamsoken*, il dit : Domus seu habitationis immunitas. A saxon. *Ham* domus, habitatio et *sokene*, libertas, immunitas. (Inquisitio, consectatio, vide Bosworth, in hac voce § 3.) quasi habitaculi privilegium, ita ut, qui id effringit, Hamsoocnam facere dicatur. — Kilian : Heymsoecken germ. sax, sicamb. visere, invisere, visitare. Item invadere violenter alicujus domum, vi irrumpere in alterius ædes. Vulgo autem definitur *Hansocna*, invasio mansionis.

Note 21, p. 17. KERCSTORM.

Composé de *kercke*, église, et *storm*, tumulte, attaque.

Note 22, p 18. CAMERA.

Camera ne signifie pas ici chambre , mais une sorte d'armoire appelée en Angleterre *garderobe*, suivant Du Cange qui cite un passage du testament du cardinal Gui interprété dans ce sens par Baluze

Note 23, p. 18   CISTE.

Coffre, du mot flamand *Kiste*, coffre, bahut.

Note 24, p 18.   PLACITARE.

Selon Du Cange : Convenire, pacisci. Aliquid explacito seu pacto concedere. *Placitum* : conventio, pactum. — *Placitare* : placitum seu pactum inire.

Note 25, p. 19.   HANEKNECHT.

Au mot *Haneknecht*, Du Cange a interprété ce mot par domestique de basse-cour, *servus patibuli*, et pense que par extension, il a signifié banni; de *hanc*, *hangen*, pendre et *knecht*, serviteur. C'est une erreur, il ne peut s'agir ici d'un *banni*, puisqu'il y a un article spécial concernant ces criminels. L'erreur de Du Cange provient de ce qu'il propose de lire *haneknecht* au lieu *haneknecht;* qui est composé de *hane* ou *haene*, coq, et *knecht*, valet.

Cet article concerne ceux qui tenaient maisons de prostitution et ceux qui les fréquentaient. M. Ronse (Jaerb. van Veurne et t. I, p. 284) interprète ce mot par *Haentje, vrouwen beschikker*.

Note 26, p. 19.   BAILLIVUS.

Les fonctions de bailli qui étaient primitivement assez secondaires, prirent de l'importance lorsque la séparation entre le droit échevinal et le droit seigneurial fut nettement établie par leur juridiction distincte ayant pour siége, l'une la keure, l'autre la cour féodale. Le bailli remplissait auprès de la keure les fonctions que nous appelons aujourd'hui ministère public. Il était chargé de provoquer et de faire exécuter les décisions rendues par la keure.

Les grands baillis remplissaient les mêmes devoirs auprès de la cour féodale.

Note 27, p. 20. MINISTRI.

C'étaient des officiers judiciaires chargés de mettre à exécution les décisions de justice. Ils étaient pris parmi les juges mêmes.

Note 28, p. 20. JUSTICIARIUS.

C'est ici le justicier du Comte, vraisemblablement son lieutenant, le grand bailli.

Note 29, p. 20. CONTRADICTUM.

Insulte, outrage. Voir ci-après la note 32.

Note 30, p. 20. PRECO.

Les fonctions de *Preco* ne sont pas bien déterminées dans les diverses chartes qui en font mention. Dans les unes, c'était un huissier ou un sergent; dans les autres, le crieur public. Au milieu de cette confusion, Rapsaet a démontré que le *Preco* était un officier administratif plutôt que judiciaire, remplissant les fonctions de crieur public et d'adjudicateur dans les ventes mobilières et immobilières ; c'était un huissier priseur.[1]

Note 31, p 20. PANDARE.

Mettre en gage, du mot flamand *pand*, gage.

Note 32, p. 21. CONTRADICIT.

Contradicere, littéralement, parler contre. C'est la traduction latine du mot flamand *wederzeggen* ou *wederspreken*, contradicere, negare, refragari ; et plutôt encore de *verspreken*, injurier, outrager [2].

Note 33, p. 21. VIRSCARA BANNITA.

Vierschaere assemblée ou tribunal assemblé, en séance. En flamand *ghebannen vierschaere;* de *bannen* cogere, edicere.

---

1 Rapsaet, œuvres complètes. t. 5, pages 110 et suivantes.
2 Kiliaen. *Verspreken*, objurgare, contumeliam verbis facere, injuriam dicere.

D'après Kiliaen : *ghebannen vierschaere*, senatus legitime coactus, sive convocatus. *Bannen* of *banden de vierschaere* : tribunal denuntiare, senatum sive pratorium cogere, edicere senatum, edicere conventum senatorum, etc.

Note 34, p.21. WISSELS.

Otages, du flamand *wissel*, échange ; parce que l'ôtage remplace celui pour qui il sert de caution. C'est de wissel qu'on a fait ghisel, ôtage, et ghiselhuis, maisons d'ôtages, c'est-à-dire maison où l'on recevait les ôtages, la maison de justice. A Bourbourg, le *ghiselhuis* était l'hôtel où siégeait la cour féodale du Comte laquelle plus tard s'est appelée elle-même ghiselhuis ou cour du ghiselhuis.

Note 35, p. 22. AVERIUM.

C'était l'avoir général d'un individu ; ses biens tant mobiliers qu'immobiliers. — Du Cange, vº *Averium* : avarum, avere, avera, averia, dicuntur facultates et omnia quæ sunt bonis, res præsertim mobiles, velut pecuniæ ; ex gall. avoir, habere, possidere.

Note 36, p. 22. INSULTUS.

Du Cange interprète ce mot par Agressio, assultus, oppugnatio ; c'est-à-dire attaque, assaut, siége. Il a ici une signification beaucoup plus restreinte ; il s'agit d'une attaque ou d'une agression individuelle, mais d'une violence telle que la personne qui en était l'objet ne pût y résister. Ce n'était pas une simple insulte, quoique ce mot paraisse venir de là.

Note 37, p. 22 IESTOCH.

Dans la copie des archives de Furnes, on lit *iestoect*, rendu dans la traduction flamande par *ghestoockt*. Ce mot *ghestookt* venant de *stooken*, allumer, exciter, n'est pas ici la véritable signification du mot *iestoch*. Il dérive, suivant nous, de *stooten*, pousser, heurter, attaquer.

On sait que les Flamands de France suppriment généralement le *g* dans le groupe *ge* qui marque le participe passé,
et prononcent l'*e* très ouvert, à peu près comme l'*œ* allemand.
Le mot *iestoch* semble indique que le groupe *ge* était remplacé
par *ie* dans le langage flamand, antérieur au XIII° siècle.

En anglo-saxon, le groupe *ge* servait à écrire la semi-voyelle
ie des idiômes germaniques. Exemple : *geoc* pour *iok*, joug;
latin, jugum — *syngian*, en gothique *sunion*, pécher. Cela
nous semble une nouvelle preuve de l'affinité du flamand avec le
saxon et l'anglo-saxon.

Note 38, p. 23. ASSISIA.

Ce mot avait diverses acceptions. La signification la plus
générale était celle de comices ou conseils convoqués soit
par le prince, soit par le seigneur pour juger les procès,
modifier les statuts, etc. [1] Mais il était pris aussi pour impôt voté
en assemblée élue par le seigneur et le peuple [2]. Ici, il a le
sens d'impôt.

Note 39, p. 23. PRECARIA.

Cet impôt était originairement une contribution volontaire, une
sorte de quête, appelé ainsi de *precari*, prier ; mais plus tard il
est devenu une contribution forcée [3]; c'était un impôt consistant

[1] Assisæ et assisiæ dicuntur comitia publica conventus et concessus proborum
hominum a principe vel domino feudi electorum, qui pro tribunal jus dicunt,
lites dirimunt, de rebus ad rem publicam spectantibus statuta conficiunt. —
Du Cange, v° *Assisa*.

[2] Interdum sumitur pro ipso tributo quod ex concensu optimatum et populo
rum in accisiis coactorum imponi dicernitur. — Du Cange, ibid.

[3] Questa, seu rogâ, tributum quod exigitur quasi deprecando, ut habet lex
longob. lib. 3, tit. 12 § 1. — Primariæ hujusce tributi institutioni accomoda
fortean fuit *vox precaria* quod quasi deprecando exigeretur, et sponte a subditis
persolveretur; at sequori tempore ita violentez exactum et inter injustas et vio-
lentas exactiones consentur, innuit charta Henrici comit Palat. an. 1093.
Du Cange. — v° *Precaria*,)

dans l'obligation de faire la moisson, de couper les foins, etc.,
à la première réquisition. [1]

Note 40, p. 23. NOTTWERS.

Légitime défense, de *nood*, nécessité, et *weren*. défendre.
Se défendre par nécessité.

Note 41, p. 23. NOTARIUS.

Les notaires étaient les rédacteurs des jugements et de
tous les actes.—Voir Rapsaet, œuvres complètes, t. V, p. 286.

Note 42, p. 24. DOMUS COMBURETUR.

C'est le droit d'Arsin, dont les plus anciens vestiges se trou-
vent dans le capitulaire des Saxons donné par Charlemagne à
Aix-la-Chapelle, le 5 de calendes de novembre 797. Dans un
travail très remarquable, publié dans le premier volume du
Bulletin de la commission historique du département du Nord,
M. Le Glay a fait l'historique de cette pénalité barbare. Il y
cite l'article 54 de la Keure de Furnes, Bergues et Bourbourg.
L'Arsin, comme on l'a vu à l'article 65, était aussi la pénalité
réservée à ceux qui ouvraient une taverne.

Note 43, p 24. VILLA

Voir la note 18.

Note 44, p. 24. BALLIWEAM.

Pour *Banliweam*, banlieue, de *bannum*, ban, district, ressort; et de *leuga*, lieue.

Note 45, p. 26. HALESONA.

Cette expression est un double mot saxon, composé de *hale*
en flamand, *hole*, antre, caverne; ou de *hal* pour *hol*, substan-
tif, trou, caverne; ou bien *hol*, adjectif, traduit en anglais par

---

[1] Servitium sonat quod præstare tenebantur tenentes in metendis messibus,
falcandis fænis, et aliis servitiis quando ad id rogati erant.—Liber consuet.
monast. de bello in Anglia. — Du Cange, ibid.

hollow, dissimulé, caché; et de *sona*, convention, c'est-à-dire convention cachée.

Note 46, p. 27. TABULÆ.

Du Cange, v.° *tabula* : jeu; tabularum ludus vel alearum, alveolus, in quem tesseræ jaciuntur. C'était une sorte de petite tablette avec des rebords pour empêcher les dés, lorsqu'on les jetait, de tomber. Ce jeu est encore en usage en Flandre.

Note 47, p. 27. SCACEIS.

Jeu d'échecs, en flamand *schaek. Schaekspel* ,suivant Kiliaen : ludus latranculorum. *Schackstek* , latrunculus, latro, calculus, scrupus. Gal. échecs.

Note 48, p 27. HOTSCHEN.

Cornet à jouer aux dés. Mot composé de *hot* ou *hod*, en anglo-saxon, capuchon, chapeau et *schen* qui est un diminutif

Note 49, p. 27. VERITATES GENERALES.

Les vérités ou enquêtes générales, appelées aussi le plus souvent *franches vérités*, étaient des séances judiciaires extraordinaires précédées d'enquêtes préparatoires ; c'étaient des sortes d'assises dont il est parlé au mot *placitum* dans Du Cange. — Voir Rapsaet, œuvres complètes, t. III, p. 357.

Note 50, p. 27. DOREGHINGA.

On a vu plus haut, note 7, que ce mot vient de *door*, à travers, et *gaen*, aller, marcher. *Doreghinga* est pris ici pour *deur* ou *doorgaende warheyd* , c'est-à-dire, vérités ou enquêtes qui se faisaient en parcourant le pays [1].

---

[1] Durginga a perequitando aut perambulando singulos pagos , dicta est *deurgaende* et ab inquirenda veritate, *deurgaende warheyt* . — Vredius, Flandria vetus. p. 460.—Voir aussi Rapsaet, œuvres complètes, t. 3, p. 357.

Note 51, p. 28. VERITAS LIBERA.

Cette expression, comme le mot *libera* l'indique, était une franche vérité exclusivement consacrée aux jugements des affaires et des méfaits dont le Comte s'était réservé la compétence.

Note 52, p. 28. COMBURETUR.

Voir la note 42.

Note 53, p. 28. WARDA.

Ce mot vient de *warden*, protéger. Suivant Du Cange, *warda* : protectio, tutela, custodia cujusvis populi.

Note 54, p 28. SIGNUM LEVARE.

Du Cange , v.° *signum*, explique le terme *signum levare*, employé dans la Keure de Furnes, par *sigellum levare*, en français : lever le scellé. Il est évident que cette interprétation n'est pas exacte. Il s'agit ici d'un signal public quelconque qui devait être facilement vu ou entendu, comme le son d'une cloche, par exemple. Le mot *signum* était pris quelquefois dans le sens de *campana* ou *nola*. — Voir Du Cange, v.° *signum*, 8.

Note 55, p. 29. HALBERGUEL.

Ce mot est encore d'origine saxonne; il est composé de *Hals*, cou, et de *berga*, défense, dans le sens de protéger; ou *bergen*, préserver. De là est venu le mot *hauberc*.

« Le blanc hauberc de rompre et de paner. »

(Roman de Larin.)

« Et couverture freteler
» Sur blanc hauberc, brune de maille. »

(Guil. Huiart. 1214.)

Note 56, p. 30. ATINCTUS.

Pour *convictus*; en français : atteint et convaincu.

Note 57, p. 30. STAVERA.

Qui juraturi formulam sacramenti præscribit vel dictat, à Belgico *staven den eedt*, sacramentum dictare. — Du Cange. Ce mot a absolument le même sens que *divisor juramenti*. Il vient du saxon, *stave*, littera; de là *staven*, pris dans le sens de *spellen*, dictare; *staven den eed*, præire verba juramenti, prononcer les paroles du serment. — Meyer, Woordenschat, et Kiliaen, étym. dict.

Note 58, p 30. KARKESTRATA.

Chemin d'église, de *kercke*, église, et *strata*, *straete*, chemin.

Note 59, p 31. MORA.

Moer, boue, eau boueuse et stagnante, marais. — Du Cange : locus palustris aquaticus; palus stagnum ; en français, marais ; en anglais, maris ; en flamand, moere

Note 60. p. 32. HERSTRATA.

De *her* ou *heer*, seigneur, et *strata* ou *straete*, chemin. On désignait ainsi les routes royales, les grandes routes militaires et généralement tous les chemins servant de voie aux grandes communications.

Note 61, p. 33. FORTERICIE.

Ce mot de basse latinité se traduit naturellement par celui de forteresse; mais ici il est pris dans un sens plus général. Il signifie les fortifications et tout ce qui en dépend.

Note 62, p. 33. FRAETE.

On lit *fracte* dans la copie de Furnes. Ce mot signifie *fraises*, terme de fortification. Voir Du Cange, v.º *fracto*. S'il fallait lire *fraete*, ce mot s'expliquerait encore de même par le terme flamand *fraze* ou *fraese*, fraises.

Note 63, p. 34. HELPROP.

Pour hulproep, de *hulp*, secours; et *roepen*, appeler.

Note 64, p. 35. BALPHARD.

Pour *balgvaert*, de *balghen*, combattre, et *vaert*, expédition. C'était un impôt sur la nature duquel on n'est pas d'accord. Les uns le regardent comme une taxe qui était prélevée sur les maisons bâties dans le domaine du seigneur. D'autres croient que c'était un impôt pour l'équipement d'un homme de guerre, auquel devaient contribuer tous les habitants d'une manse. M. Gheldof, le traducteur de l'histoire de la Flandre, etc. par Warnkœnig, t. II, p. 62, est d'avis que c'était une taille pour le cas de guerre. La place que ce mot occupe dans la Keure de Furnes semble donner raison à cette opinion. Quoiqu'il en soit, il faut que cet impôt ait été une sorte de servitude personnelle pour que les communes de Flandre, si jaloux de leur liberté, aient tant tenu à son abolition.

Lille. Imprimerie de Lefebvre-Ducrocq.